23593

ÉPITRE

A MONSIEUR

DE MONREGARD,

INTENDANT GÉNÉRAL DES POSTES DE FRANCE.

PAR M. GRESSET.

À AMIENS,

Chez la Veuve GODART, Imprimeur du Roi, rue des Fossés-Saint-Méry ;

Et se vend à PARIS,

Chez
{
DELALAIN, rue de la Comédie Françoise,
MOUTARD, Quai des Augustins ;
DURAND, neveu, rue Galande ;
}
Libraires.

M. DCC. LXXVI.

AVEC PERMISSION.

Cette Épitre a été écrite, il y a quelques années, dans le temps d'une Épidémie pareille à celle qui est actuellement répandue, & que l'on nommoit également la Grippe. La ressemblance des deux Époques a décidé l'Impression de cette bagatelle.

ÉPITRE

Envoyée avec un Pâté de quatre Canards,
dans le temps de LA GRIPPE.

D'UNE Province où la Franchise
Et la Loyauté du Vieux-Temps
Sont encor des bons Habitants
Le cri de guerre & la devise,
Quatre Hermites, en robe grise,
Gens tout neufs, bien de leur pays,
Dont l'air grave, le sang-rassis
N'annonçoient guère l'entreprise,
Bravant les périls infinis
Les glaces, la neige & la Bise
Dont les chemins sont investis;

A

Ce matin même font partis
Quoique le Thermomètre en dife,
Et qui mieux eft pour eux, ou pis,
A la trifte Époque précife
Où *la Grippe*, dont nuls abris
Ne peuvent fauver la furprife,
Menant la fièvre, les foucis,
Les faux Docteurs, les faux récits,
L'affreufe *Grippe*, en pleine crife,
Enveloppe, agite, maîtrife
Jeunes & Vieux, Grands & Petits,
L'Élégante foùs fes lambris,
Sous le chaume la pauvre Life,
Les hauts Penfeurs, les *Sous-Efprits*,
Le Talon-rouge, le Commis,
Et la Ducheffe, & la Sœur-Grife.
Pour être capable, ou tenté
De leur périlleufe aventure
Il faut être Eux, en vérité,
Ou l'Ours le mieux empaquetté

Dans son capot & sa fourrure ;

Enfin , tant bien que mal munis

Sous les nuages rembrunis

D'un Ciel glacé , que tout redoute ,

Les quatre *Pélerins* unis ,

Clos & couverts , ne voyant goute ,

Ont pris le chemin de Paris ,

Où , s'ils arrivent sans déroute ,

Pomar , Voujault , Grave & Chablis

Des rayons de leur mère-goute

Voudront bien réchauffer sans doute

Les pauvres Frères engourdis.

Il est pourtant quelques avis

Qu'ils pourront bien faire la route

A leur honneur , frais & fleuris ,

Grace au tissu de leurs habits ,

Un autre eût dit grace à la voûte

Sous laquelle ils sont établis ,

Et des Sçavans lourds , peu polis ,

Diroient crûment grace à la croûte.

Un bon Campagnard du canton,
Sachant leur deſtination,
Et ſéduit par l'heureuſe image
Du terme de leur miſſion,
De grand cœur partiroit, dit-on,
Pour revoir ce brillant Rivage;
Non que dans ſes déſerts chéris
Il éprouve l'impatience
D'aller retrouver à Paris
Le bruit, le faſte, l'importance,
Les grands plaiſirs, les grands ennuis,
Les courts ſuccès prônés d'avance,
Les Nouveautés de tous Pays,
Les Chef-d'œuvres ſans conſéquence,
Et ces tourbillons infinis
D'intrigues, d'airs, & d'élégance
Où l'Amitié, ſans conſiſtance,
N'eſt plus qu'une gaze, un vernis
Le voile de l'indifférence
Des fauſſetés & du mépris;

Où ce bon Honneur de jadis
N'eft plus qu'une foible nuance ;
L'air du Bonheur un coloris
Qui couvre à peine l'indigence
De nos cœurs vuides & flétris ;
Et l'Efprit , ou fon apparence ,
Ses tours de force , fes propos
Une laſſante contredanfe
De fauts-périlleux & de mots.
Sans doute on eſt bien imbécile
Et rouillé bien profondément ,
D'avoir fi peu d'empreſſement
Pour les fêtes , le goût , le ſtyle
De ce Peuple doré , charmant ,
Loin de qui , vraifemblablement ,
Tout eſt trifte , gauche , ſtérile ,
Et d'un Gothique accoutrement ;
Tous ces Provinciaux ignares ,
Qui s'avifent d'être contents ,
Sont bien à plaindre , bien bizares

Dans leur bonheur de Bonnes-Gens.

Pour faire auſſi l'aveu ſincère

De ſon mauvais goût , ſi contraire

A tant d'incroyables talens

Qui font bruire , en ces moments,

Dans tout le Globe-Littéraire

Les bombes , les petits volcans ,

S'il eût été , loin de nos champs ,

A travers les glaces de l'Ourſe

Revoir la Ville du Printemps ,

Il n'auroit point fait cette courſe

Par des déſirs bien violents

D'aller recueillir , à la ſource ,

L'ambre & l'or des Parleurs du Temps.

Ces Diſtributeurs éclatants

De la Phraſe & de la Lumière ,

De leur Siècle *Docteurs-Régents* ,

Nouveaux Copiſtes de vieux Plans

Où , ſous un Ciel à leur manière ,

Enfin la Vérité première ,

Jufqu'ici cachée au Bon-fens,

Dicte fes loix par leurs accents ;

Scène vafte , fombre , profonde

Où , grace à leurs rayons puiffants ,

On voit fautiller , à la ronde ,

Les lampions refplendiffants

D'une Raifon neuve & féconde

Que , jufqu'à leurs jours bienfaifants ,

Ignoroit encore le Monde

Ce pauvre Enfant de fix mille ans.

Ce grand Spectacle de notre Age ,

Ces bruyants Hochets du moment,

Tous ces objets également

De plaifanterie & d'hommage ,

De Ridicule & d'engouement

Pour la Multitude volage

Qui prône & fiffle en un inftant

Les Brochures de tout étage

Et la fureur & le néant

De vouloir être un *Perfonnage* ,

Toutes ces clartés de paſſage

Séduiroient médiocrement

Un Gaulois, ſans beaucoup d'uſage,

Borné tout naturellement

A la ſimpleſſe du Vieil-Age,

Et qui n'auroit point l'avantage

De ſaiſir aſſez leſtement

Le ſententieux perſifflage

Du Sophiſtique Enivrement,

Ni de ſentir bien vivement

Cet éternel enfantillage

Du ton qui veut être plaiſant,

Tous ces grands rires d'un moment

De tant de gens gais triſtement,

Et ce délicieux ramage

Ce jargon d'un ennui charmant.

Il n'auroit quitté ſa retraite

Que pour un aſyle enchanté

Dont il connoît, dont il regrette

L'agrément, la tranquillité,

Les jours fans inégalité,

L'efprit au ton de la nature,

L'amitié franche, la droiture,

Et cette fi bonne gaieté

La compagne fidelle & fûre

Du bonheur & de la fanté;

Plein de cette image fi chère,

S'il avoit pu tout uniment

Quitter fon manoir folitaire

Sans braver fort imprudemment

Un Oracle de l'Atmofphère,

Au lieu d'être, dans cet inftant,

A tracer fur un froid pupitre

Cette longue petite Épitre

Qu'il vous griffonne en grelottant,

Déja bien loin, & bien content,

Prefque aux deux tiers de fa journée

Il auroit vu, courant les champs,

Huit ou neuf Poftillons jurants

Contre la Courfe & la gelée,

Tous à peu près aussi riants,

Tous avec mêmes agréments,

Air transi, voix rauque, altérée,

Œil larmoyant, face empourprée,

Rhume dont on ne connoît pas

La naissance, ni la durée,

Pelisse de toile cirée

Sous une gaze de frimas,

Ceinture de neige entourée,

Bonnet de peau d'Ours presque ras

D'où l'on voit descendre assez bas

En ligne droite & bien tirée

Des cheveux lustrés de verglas

Tels qu'on voit dans les vieux *Atlas*

La chevelure de Borée.

Quoi qu'il en soit, pour dire enfin

Avec une entière franchise

Son aventure & son chagrin,

Aujourd'hui même, sans remise,

Il devoit se mettre en chemin

Si le redoublement foudain

De ce Vent d'Eft, joint à la Bife,

Ne l'eût détaché, ce matin,

De fa dangereufe entreprife ;

Tremblant au préfage fatal

De ce Ciel menaçant & fombre,

Il a cru, fous ce noir fignal,

De *Réaumur* entendre l'Ombre

Du fein d'un Tube glacial

Prédifant, d'un ton fépulcral,

De nouveaux défaftres fans nombre

A qui, courant tant bien que mal,

De fon réduit quitteroit l'ombre ;

D'ailleurs même, fans *Réaumur*,

Un autre Oracle non moins fûr

A dû guider fa prévoyance,

Cette *Grippe* a déja fur lui

Trop bien exercé la puiffance

Du régime & de fon ennui,

Pour s'en procurer aujourd'hui

Une feconde expérience.

Peut-être bien traitera-t-on

Cette prudence de chimère,

Ce voyage d'imaginaire,

Et le voyageur de poltron ;

Mais foit que l'on s'en moque ou non,

Il penfe, d'après la coutume

Des bonnes-gens fans aucun art ;

Qu'il vaut mieux courir le hafard

D'un ridicule que d'un rhume.

Je fuis confus, épouvanté

De cette longue rêverie ;

Auriez-vous cru voir à côté

De quelques mots pour un Pâté

Cette incroyable compagnie

Si difparate pour le nom

Et pour la Phyfionomie,

L'Élégante, le Poftillon,

Les *Efprits*, *la Grippe*, le ton

De l'antique Philofophie,

Et la Morale & le Pompon,

Les Entrepreneurs du Génie,

Les Livrets à prétention,

Et la Raifonneufe Manie

Dont l'âpre & sèche fantaifie

Eft *la Grippe* de la Raifon

Et des Efprits à l'agonie ;

Grace au Ciel, elle va tombant

Ainfi que l'autre Épidémie ;

L'Erreur n'eft qu'une maladie

Dont le cours eft plus ou moins lent,

Mais qu'enfin le Temps expédie ;

La feule Antique Vérité

Toujours jeune aux yeux des vrais Sages,

Toujours forte au fein des ravages

Et des jours de calamité

Qui fouvent des terreftres Plages

Altèrent la falubrité,

S'avance avec égalité

A travers les vents, les nuages,

Et l'errante mortalité ;
Son Trône, porté fur les Ages,
Voit difparoître; à fa clarté,
L'intempérie & les orages
Dont chaque Siécle eft agité ;
Sa fublime fimplicité
Surmontant le ton exalté
Des Pancartes & des Adages
D'un Empirifme répété,
Ufe tour à tour les Ouvrages
Les Treteaux & les Perfonnages
Et leur pauvre célébrité ;
Elle efface, avec majefté,
Les maux de leurs divers paffages ;
Et les rofes de la Santé
Refleuriffent fur nos Rivages ;
Nul faux fyftême brillanté,
Nulle éphémère obfcurité
N'arrive à la fphère éternelle
Des rayons de la Vérité ;

Nul

Nul souffle de la Nouveauté
N'atteint la fleur toujours nouvelle
De sa fraîcheur, de sa beauté;
Et de sa Jeunesse Immortelle.

    Il faut avoir assurément
Une bien belle confiance
Dans toute l'heureuse indulgence
Dont la Raison use aisément
Sans prendre la triste balance
Où la Moderne Suffisance
Pese jusqu'à l'Amusement ;
Il faut toute mon assurance
Dans cette Amitié qui m'entend
Pour vous envoyer bonnement
Ces riens tracés à l'aventure,
Et qui sans dessein, je vous jure,
Commencés je ne sçais comment,
Se font chargés, chemin faisant,
De crayons de toute figure;
Ils finiroient je ne sçais quand

                              B

Et me rendroient la fantaifie
De cette libre Poëfie
Qui fut un de mes premiers goûts
Si je n'écoutois que l'envie
Le charme d'écrire pour Vous ;
Mais comme il fe pourroit bien faire
Que cette Lettre, allant fon train,
M'amuferoit feul à la fin
Sans trop mériter de Vous plaire
Non plus qu'aux Graces, que d'ici
Je crois voir, pour me lire auffi,
Quitter une Harpe légère
Plus brillante que tout ceci,
Rendu bientôt à mon filence
Je fuirai toute reffemblance
Avec l'ivreffe & les longueurs
De ces Meffieurs les *Amateurs*
Dont la Mufique eft la manie
Infatigables auditeurs
De leur perfonnelle harmonie ;

Flûte, Guitare, ou Violon,

Hautbois, ou Cor, Violoncelle,

N'importe sur quoi leur beau zèle

Exerce sa prétention,

Leur réveil, chaque matinée,

Autour d'Eux fait tout retentir ;

Charmants, jouant faux à l'année

Mais d'amitié, pour leur plaisir,

Fort souvent une heure est sonnée

Ils ne songent point à finir ;

Oh ! que cette ardente furie

De répétitions sans fin

Seroit promptement rafraîchie

S'ils sentoient le mal du Voisin

Que leur tendre goût supplicie,

Et qui, chaque jour, plus chagrin

Plus écrasé de symphonie

Jure d'aller le lendemain

Consulter pour *prendre d partie*

Son mélodieux Assassin,

Et s'inftruire (*Preuve fervie*)

Par un *Délibéré* certain

Si cette Pefte du matin

(La Lyrique Épizootie)

N'eft pas un moyen fouverain

Pour caffer un bail même à vie ,

Et fi la *Coutume* contient

Sous le *Titre* des *Servitudes*

Jufqu'à quel point la Loi foutient

L'Amateur faifant fes études.

C'eft peu que le talent bénin

La tant douce monotonie

De ces Meffieurs , dont tout eft plein ,

Occupe , amufe , gratifie ,

Charme leur plus proche Voifin

Heureux de la première main

Sous le feu même du Génie ;

Leur épidémique harmonie

De proche en proche , s'abaiffant

Sur le Quartier , fur le Paffant ,

Vous fait bâiller la Compagnie,

Et du Symphoniste argentin

Doublant le Rôle & la couronne,

Unit, dans son brillant destin,

Au don d'ennuyer en personne

L'art d'ennuyer dans le Lointain.

Je ne sçais trop si je m'explique;

Au reste, si ces traits galants

Présentent mal, de la Musique

Les matineux *Frères-Servants*,

Il ne faut que changer l'Adresse,

Vous aurez, presqu'aux mêmes traits,

Des *Amateurs* de pire espece

Ces longs Liseurs de *Vercelets*

D'une pesante gentillesse,

Ces Porteurs d'Odes, de Couplets,

De Madrigaux & de *Bouquets*

D'une fadeur enchanteresse,

Tous Gens couronnés de leur main,

D'autant plus mortels au Prochain

Que, fi leur beau feu vous approche,

Sans dire gare, armés foudain,

Ils tirent la Mort de leur poche.

Non contents d'amufer Paris ;

Leur gloire va gagnant Pays

Par la Renommée ou le Coche ;

Les confidences, les honneurs

De leurs perfonnelles Lectures

Étendant bientôt leurs faveurs

Par la Preffe, par les Voitures,

Sur nos Lointains fement les fleurs

Avec l'Opium des Brochures ;

Et leurs Guirlandes & leurs Fruits,

Portant leur parfum fpécifique

Par-delà nos Climats féduits,

Vont faire bâiller l'Amérique ;

Je crains leur Rôle, & je m'enfuis.

F I N.

Permis d'imprimer & diftribuer. A Amiens, le 3 Février 1776. JOURDAIN DE THIEULOT.